Impressum

(c)   2016   Gerd Becker

Verlag: tredition GmbH, Hamburg

Paperback   978-3-7345-1907-9
Hardcover   978-3-7345-1908-6
e-book   978-3-7345-2184-3

Gerechtigkeit

Gerechtigkeit

Die Sonne erwacht am Horizont. Ein Reiter kommt langsam aus einem Wald. Sein Pferd geht stolz und schaut sich um. Ein kleiner Hase verschwindet schnell im Unterholz. Der Reiter hat es nicht eilig und schaut sich die Gegend an.

In der Ferne stoßen Vögel in die Lüfte. Wurden sie aufgescheucht? Egal, der Reiter bleibt gelassen und klopft seinem Pferd den Hals. „Alles ruhig Sindi. So wollen wir es haben." Sindi schnaubt zufrieden. Sie erreichen einen Platz, von dem sie weit ins Tal schauen können. „Hier gönnen wir uns eine Pause." Der Reiter steigt vom Pferd, nimmt das Gebiß des Zaumes heraus und läßt sein Tier in Ruhe grasen. Dann sucht er sich einen Sitzplatz und macht sich erst mal einen Kaffee.

Unten im Tal läuft eine junge Frau aus einem Haus. Sie trägt eine Jeans und eine bunte Bluse. Darüber einen Pullover. Sie ist noch keine zehn Meter vom Haus entfernt, da stürmen zwei Männer hinter ihr her. „Warte, wir kriegen dich gleich." ruft der erste, der aus dem Haus kommt. Die Frau rennt an der langen Tränke vorbei ins weite Land. Sie schaut sich immer wieder um. Da erkennt sie, daß der erste Mann sie bald eingeholt hat. Der zweite sieht, daß sein Kumpel das Mädchen fast eingeholt hat. „Gleich hast du sie. Ich werde schon mal die Peitsche für sie holen." Er kehrt zum Haus zurück und geht hinein. Während sein Kumpel die junge Frau mittlerweile eingeholt hat. „Nein, nein, nicht. Laß mich." ruft die Frau. „Laß mich los. Ich habe euch nichts getan." ruft sie ängstlich. „So, jetzt habe ich dich. Und jetzt geht es zurück. Dir werde ich gleich zeigen, wie es Mädchen ergeht, die sich weigern zu gehorchen." Der Mann hat die Frau mit beiden Händen gepackt und schiebt sie vor sich her. Nach wenigen Minuten sind die beiden bei der Hütte angekommen.

Der zweite Mann erscheint wieder. „Na, Karl, hast die Widerspenstige zurückgebracht? Hab schon mal etwas vorbereitet." Der Mann holt ein kurzes Seil und ein langes Seil hervor.

„Gut, Addi, dann bind der Dame mal die Hände zusammen. Und dann an den Pfahl da vorn. Die Dame wird gleich ihre Lektion lernen. Ich komm gleich." Dann verschwindet Karl im Haus.

Addi bindet der Frau die Hände zusammen. Dann bindet er das lange Seil an der Handfessel und wirft das andere Ende über den oberen Teil des hohen Pfahls. Zieht das Seil scharf an, so daß die Arme der Frau in die Höhe gezogen werden. Die Frau schaut ängstlich. „Addi, mach mich wieder los. Wir gehen dann nach Westen, kaufen uns eine Farm." „Ja, das möchtest du wohl gerne, was. Erst weglaufen und wenn es hart wird, betteln und Leute verführen. Ne, ne, Kleine, daraus wird nichts. Hättes auf den Boss hören sollen. Jetzt bekommst du deine Strafe." Bei den Worten reißt Addi ihr den Pullover ab und die Bluse auf.

Karl kommt zurück und hat in der Hand eine lange Peitsche. „Na, Addi, hat das Luder versucht dich zu becirzen? Macht nichts. Das macht gar nichts. Jetzt bekommt das Mädchen seine Strafe." Bei den Worten stellt sich Karl hinter das gebundene Mädchen. Holt mit der Peitsche aus und läßt sie erstmal durch die Luft pfeifen. Bei dem Geräusch wird dem Mädchen bange. Weiß es doch, das der nächste Pfiff auf ihrem nackten Rücken endet. Und schon trifft der erste Hieb ihren Rücken. Das Mädchen beißt die Zähne zusammen. Es will nicht schreien. Wieder klatscht die Peitsche auf ihren Rücken und hinterläßt tiefe Spuren. Immer wieder klatscht das Leder der Peitsche auf den Rücken der jungen Frau. Sie kann nicht mehr und schreit ihre Schmerzen heraus. Das Schreien wird immer lauter. Ihr Rücken ist bereits mit Striemen übersät.

„Ja, schrei nur. Hier draußen hört dich eh keiner. Schrei so laut du kannst. Es kommt keiner, der dir hilft."

Addi schaut in die Richtung, aus der ein Reiter kommt. In schnellem Galopp kommt er auf die Hütte zu. Als Karl wieder zu einem Hieb ausholt, erreicht der Reiter den Schläger. Das Tier rennt Karl um. Der Reiter zieht sein Messer und nachdem das Tier gewendet hat und zum Pfahl zurückkehrt, durchschlägt die Klinge das Seil.

Addi greift nach seinem Colt. Doch er schaut in die Mündung eines Gewehrs. „Laß stecken, Mann. Binde lieber die Frau los. Und du armselige Kreatur wirf die Peitsche weg. Oder glaubst du, mich damit töten zu können?" Karl sieht nun ebenfalls den Reiter, der ihn umgeritten hat. „Du wagst es dich in meine Angelegenheiten einzumischen? Wer bist du überhaupt? Und ..." Karl sieht, wie Addi die Frau losbindet. „Ich bin noch nicht mit ihr fertig, Addi." „Doch, das bist du. Was bist du für ein Miststück, das Frauen schlägt." Karl schaut wieder zu dem Reiter hin. „Was geht dich das an? Kümmer dich um deine eigenen Angelegenheiten. Die Frau gehört mir. Ich kann mit ihr machen, was ich will. Hast du verstanden? Verschwinde, sonst ..." Karl kommt nicht weiter. Er schaut auf den Lauf, der seine Nase kitzelt.

„Wenn einer verschwindet, bist du es. Kreaturen, die wehrlose Frauen mit einer

Peitsche schlagen, haben hier keinen Platz. Seh zu, daß du hier weg kommst, bevor ich es mir anders überlege." Bei den Worten knackt es scharf am Gewehr. Karl schluckt heftig. Dann nimmt er seine Jacke, seinen Hut und geht zu dem Paddock, wo sein Pferd steht. Er nimmt das Sattelzeug, geht zu seinem Braunen und sattelt ihn. Für einen Moment denkt er daran sein Gewehr zu ziehen. „Laß es auf den Boden fallen. Und denk nicht an den Gedanken, den du eben hattest." Verdammt, wer ist der Reiter mit dem Fuchs? Karl ist fertig mit dem satteln und führt sein Tier heraus. Dann steigt er auf, schaut noch einmal zu dem Reiter, der Frau, die er züchtigen wollte und reitet los. Sein Gewehr liegt im Paddock.

„Du machst auch besser, daß du das Weite suchst." sagt der Reiter nun zu Addi. „Aber ..." kommt es von seinen Lippen. Der Reiter winkt nur mit dem Gewehr. Addi holt sein Sattelzeug und sein Pferd. Nach wenigen Minuten sitzt auch er im Sattel und verläßt das Arreal der Hütte.

Die Frau schaut zu dem Reiter, der jetzt von seinem Fuchs absteigt. „Danke. Wer sind sie?" Während er dem Fuchs den Sattel abnimmt antwortet er „Lako. Was wollten die beiden von ihnen?" „Ich sollte für die als Sklavin arbeiten. Keine Rechte. Rund um die Uhr. Immer deren Launen aushalten. Wenn ich nicht mehr wollte oder etwas in deren Augen falsch gemacht hatte, bekam ich Schläge." Lako geht mit der Frau in das Haus. Sein Gewehr immer in der Nähe. „Waren die beiden zuerst in der Hütte oder du?" „Mein Freund hat die Farm aufgebaut. Wir wollten heiraten. Und dann kamen die beiden vor einer Woche. Meinen Freund haben die einfach erschossen. Und mich dann nacheinander vergewaltigt. Drei mal jeder." Lako hört sich die Geschichte an, während er das Mahl zu sich nimmt, das ihm von der Frau aufgetischt wurde.

„Ich denke, die beiden oder der eine 'Karl' wird wiederkommen." „Nach dem, was du ihm angetan hast?" „Eben. Er ist keiner, der sich einfach die Butter vom Brot nehmen läßt. Der will Rache." „Dann hat er es jetzt auf dich abgesehen." „Und auf dich. Er ist ja noch nicht fertig mit dir."

Die Frau schaut zu Boden, dann zu Lako. Was ist das für ein Mann? Kommt im Galopp angeritten, reitet einen nieder und schneidet sie halb los. Er ist verdammt schnell mit seinen Händen. Warum hat er das Gewehr genommen. Hat er keinen Colt?

Die Frau geht in ein Nebenzimmer. Lako inspiziert sein Gewehr. Geschossen hat er nicht damit. Sein Colt ist noch an dem Platz, wo er Kaffee trinken wollte. Gerade als der Kaffee fertig war, wurde Sindi auf die Situation im Tal aufmerksam. Und sie stürmten gemeinsam herunter um der Frau zu helfen. Die Sachen hole ich nachher, denkt Lako.

Es mögen zwei Stunden seit dem vergangen sein. Eine Kutsche kommt zur kleinen Farm. Ein Mann und eine ältere Frau sitzen auf ihr. Vor der Kutsche sind zwei Pferde gespannt.

Die junge Frau kommt aus dem Nebenzimmer

und geht zur Haustür. Sie sieht, daß Lako im Stuhl sitzt, die Füße auf dem Tisch. Den Stetson tief ins Gesicht gezogen. „Nicht die Tür aufmachen. Erst fragen, wer das ist." „Aber, es ist doch eine Kutsche." „Egal. Erst fragen, dann vorsichtig schauen. Es kann eine Falle sein." Die Frau geht zum Fenster und fragt „Wer sind sie und was wollen sie?" Der Mann schaut sich um, sieht niemanden und sagt zu seiner Frau „Komisch. Zu sehen ist niemand, aber ich höre eine Stimme. Siehst du jemanden?" „Nein, ich sehe auch niemanden. Die Stimme scheint aus dem Haus zu kommen." „Wer sind sie und was wollen sie hier?" hören die beiden wieder. „Wir sind Nachbarn und wollen sehen, ob wir helfen können." antwortet der Mann. „Ja, oben am Waldesrand muß jemand gewesen sein. Dort glimmte noch ein kleines Feuer. Kaffeetasse, Decke und ein Colt waren auch dort. Der dort gewesen ist, hat es sehr eilig gehabt."

Die junge Frau schaut zu Lako. „Waren da noch mehr?" „Ja – ich." Lako erhebt sich, geht zur Tür und hinaus. „So, sie waren also bei dem Lager. Haben sie die Sachen mitgebracht?" Das ältere Pärchen schaut dem Mann in der Tür an. „Ja, die Sachen haben wir mitgenommen. Es war keiner zu sehen." sagt der Mann. „Bin ja schon hier. Die Sachen gehören mir. Mußte schnell handeln, es war jemand in Not." Zur jungen Frau sagt er „Sie können rauskommen." Jetzt erscheint auch die junge Frau vor der Tür. Lako nimmt dem alten Mann die mitgebrachten Sachen ab.

*

Karl ist vier Stunden geritten. Immer wieder mußte er an den Mann denken, der ihn so gedemütigt hat. 'Das hat der nicht um sonst getan. Der wird noch sein blaues Wunder erleben.' Karl erreicht eine Stadt. Vor dem Saloon hält er an, steigt vom Pferd, bindet es an und geht hinein. Einige Tische sind besetzt. Am Klavier in der Ecke sitzt keiner. Vor dem Tresen stehen ein paar Männer und trinken ihr Bier. Karl geht zum Tresen und bestellt sich ein Bier.

„Was ist dir denn passiert?" wird er gefragt. „Das glaubt mir eh keiner. Ich bin gerade dabei meinem Luder Benehmen beizubringen, da kommt ein Reiter in vollem Galopp und reitet mich um. Dann wendet er sein Tier und schneidet mein Luder los. Dann jagd er mich davon wie einen reudigen Hund." „Hast ihm nicht ne blaue Bohne verpaßt?" „Ging nicht. Mein Colt war im Haus und mein Gewehr in der Satteltasche. Außerdem hatte ich seinen Gewehrlauf an der Nase." Die anderen Männer schütteln ihre Köpfe. Ne, wenn ein Gewehr-lauf an der Nase kitzelt, hat man keine Chance mehr. Der Gewehrlauf spukt schneller als man husten kann.

„Wie sah der Kerl denn aus?" „Nicht groß, aber schnell. Verdammt schnell. Und sein Pferd ist auch schnell." Wieder schauen die Männer vor sich hin. Ein Mann, der schnell ist und ein schnelles Pferd hat, muß ein Revol-verheld sein. Doch davon gab es viele. „Was war das denn für ein Pferd?" „Ein Fuchs. Mehr weiß ich nicht. Abzeichen hatte es nicht." Wer reitet denn einen Fuchs? Die meisten haben doch Rappen oder Braune. „Hatte er schwarze Kleidung?" „Nö, ganz normale. Nur der Hut, der war schwarz." Nein, so einen Kämpfer hatten die noch nie gesehen.

Ein weiterer Reiter erreicht die Stadt und bleibt ebenfalls vor dem Saloon stehen. Nachdem er sein Tier festgebunden hat, begibt er sich hinein. Betrachtet den Innenraum und erblickt seinen Boß. Mit ruhigen Schritten steuert er auf den Tresen zu. „Na, Karl, da haben wir wohl heute Pech gehabt." Er bestellt sich ein Bier. „Die Maus bist du wohl los." „Das werden wir ja sehen. So schnell gebe ich nicht auf. Weißt du, wer er ist?" „Ne, hat sich ja nicht vorgestellt. Nur mit dem Gewehr rumgefuchtelt." „Einen Colt hatte er wohl nicht. Sonst hätte er nicht mit dem Gewehr gewunken." „Aber verdammt schnell ist er." Die Männer trinken ihr Bier. Addi weiß, daß Karl sich nicht so schnell abservieren läßt. Er muß nur die richtige Zeit abwarten.

*

Draußen setzt die Dunkelheit ein. Der Saloon füllt sich immer mehr mit Personen. Auch Frauen erscheinen jetzt im Raum. Sie kommen von den oberen Zimmern. Einige bleiben kurz auf der Treppe stehen, um einen Überblick der anwesenden Männer zu bekommen. Dann steuern sie auf ihre ausgespähten Opfer zu. Setzen sich auf den Schoß der Männer und beginnen sie zu becircen. „Na, mein starker Held, gibt's mir einen aus?"

Eine sehr kräftige Frau schaut von der Brüstung des oberen Ganges dem Treiben im unteren Raum zu. An einigen Tischen beginnen die Männer mit Kartenspielen. Es wird Poker oder Black Jack gespielt. Dazu fließt der Alkohol reichlich. Da ist es passiert. Einer am Pokertisch wird verdächtigt falsch zu spielen. Ein heftiger Streit entfacht sich. Stühle und Tische kippen um. Und schon fängt die erste Rauferei an. Fäuste fliegen rechts und links. Personen, die gar nicht am Spiel beteiligt waren bekommen eine Faust ins Gesicht oder einen Stuhl auf den Kopf.

Es ist ein richtiges Durcheinander. Die Frau auf der Brüstung pfeift einmal ordentlich auf zwei Finger und gibt dem Barkeeper heftige Handzeichen. Der Barkeeper greift unter den Tresen, wo für derartige Situationen das

Gewehr liegt. Dann fällt ein Schuß. Der bewirkt, das die Rauferei plötzlich aufhört.

Die Frau kommt von der Brüstung herunter „Was ist der Grund der Rauferei?" „Der Kerl spielt falsch. Versteckt Karten im Ärmel." „Was für Karten?" „Die Asse." Die Frau geht zu dem Beschuldigten, greift ihn am Arm und zieht die Ärmel hoch. Es fallen drei Karten herunter. Die Frau hebt die Karten auf und betrachtet sie. Drei Asse. Dann untersucht sie das Kartenset auf dem Tisch. Hier sind vier Asse. Von jeder Spielfarbe eins. Der Betrug ist bewiesen.

„Was hast du dazu zu sagen?" fragt sie den Entlarvten. Der ist aber nur schwer am Schlucken. Hatte er doch eben viel Geld gewonnen. Gut 1000 Dollar. Wortlos greift der Mann zu seinem Colt. Doch bevor er diesen aus dem Holster hat, schreit er vor Schmerz auf. Eine Kugel hat sein Hand-gelenk gestreift. Er schaut in die Richtung aus der der Schuß kam. Er sieht den Barkeeper mit dem Gewehr. Dieser sagt nun „Der Chefin antwortet man höflich. Nicht mit dem Colt." „Also, was hast